Un chant d'amour qui s'étouffe

Valérie GASNIER

Table des matières

Grandir sans lui

Tiens, les collègues de papa sont à la maison ? Que viennent-ils faire ? Et puis, pourquoi ont-ils l'air aussi tristes ? Ils pleurent… Pourquoi pleurent-ils autant ??? Papa n'est pas avec eux …

Je comprends ce qu'il se passe en voyant tout à coup Michèle ma mère, s'effondrer. Mon père est mort.

Il s'appelait Jean-Michel. Il était sapeur-pompier volontaire au sein d'une petite caserne et vient d'être tué dans un incendie. Une bonbonne de gaz a explosé dans un immeuble et mon père se trouvait au mauvais moment. Je n'arrive pas à y croire… Mon papa… Je n'ai que cinq ans.

Cinq ans seulement et je viens de devenir orpheline. Mon père, c'était tout pour moi. C'était mon modèle, mon héros, mon meilleur ami. Je lui disais souvent :

- *Papa, tu sais, quand je serai grande, je ne me marierai pas et je resterai avec toi, pour TOUTE la vie ! Je m'occuperai de toi quand tu seras vieux comme papi et mamie !*

Je comprends alors que je ne le reverrai plus, que je ne pourrai plus jamais lui dire papa et je me mets à pleurer, je suis inconsolable. Je hurle de désespoir, je cours à travers toute la maison, je cogne mes poings contre les murs, je m'étouffe dans mes sanglots.

Ma mère tente de me calmer en me prenant dans ses bras et malgré son immense chagrin, elle me berce, me console comme elle peut, mais cela ne suffit pas à apaiser mon chagrin. Je hurle de plus belle et me débats comme une diablesse. Personne ne ramènera mon papa, mon héros. Ma vie ne sera plus jamais la même sans lui... J'en veux à tous ses collègues de ne pas l'avoir sauvé.

Malheureusement, ils ont fait tout ce qu'ils ont pu pour que ce drame n'arrive pas, mais leur métier est tellement risqué, cela aurait très bien pu arriver à l'un d'entre eux.

Désormais, aller à l'école maternelle ne sera plus jamais la même chose pour moi.

Avant la mort de papa, je m'y rendais avec plaisir, papa me faisait rire en conduisant ; il chantait et voulait toujours savoir en détail ce que sa petite fille adorée avait bien pu faire en classe ce jour-là… Je retrouvai mes copains et mes copines et j'étais une enfant épanouie, grâce à une chose : l'amour que me donnaient mes parents. Je souhaitai qu'ils soient fiers de moi, surtout mon papa, à qui je voulais toujours faire plaisir. Quand il me disait :
- *Tu sais Charlotte, c'est important l'école. Il faut bien écouter la maîtresse, bien travailler et donner le meilleur de soi-même.*
Alors, je me sentais sûre de moi. En classe, j'étais très appliquée, discrète et à l'écoute. Je rendais le meilleur travail à chaque fois et je voyais dans le regard de mon père, toute la fierté qu'il avait pour moi et à quel point il m'aimait.
J'adorais quand il venait me chercher en tenue de pompier après son travail. J'étais tellement fière ! Mes petits camarades me disaient alors :
- *Waouh ! C'est un héros ton papa ! Il sauve des vies tous les jours !*

Et puis, mon père m'emmenait souvent à la caserne et là, je pouvais monter dans tous les véhicules que je voulais ! Une fois, papa m'a même permis de faire retentir les sirènes sur l'un d'entre eux !
Maintenant ces doux souvenirs appartiennent au passé.
La photo de papa est posée dans un cadre, sur ma table de nuit, à côté de ma poupée préférée. Depuis son décès, je m'endors toujours avec le cadre dans mon lit, bien serré contre mon cœur et je lui parle. Parfois je pleure, parfois je lui raconte des histoires, comme il le faisait avec moi. Mon père adorait me conter : « *petit lapin qui part cherches ses carottes au marché.* » À chaque fois, il changeait sa voix en fonction des personnages qui apparaissaient dans le livre et il me faisait tellement rire. Je ne cessais de le supplier :
- *Encore ! Encore papa ! Tu es trop drôle !*
Et à chaque fois, il me faisait plaisir, il recommençait à lire, sauf quand son bip sonnait et qu'il devait partir en intervention.
Et ce soir-là, quand son bip a sonné, jamais je n'aurai pensé que c'était la dernière fois

que je le voyais, la dernière fois qu'il me déposait un baiser sur mon front avant que je m'endorme, la dernière fois qu'il m'appelait « princesse » et la dernière fois qu'il me bordait...

Mon père sera enterré demain. Ma mère ne souhaite pas que je sois présente lors des funérailles, elle dit que je suis beaucoup trop jeune pour ça. Pourtant, moi, je veux lui dire au revoir ! Je ne veux pas le laisser partir tout seul.
Étrangement, je souhaite même qu'il prenne avec lui, pour son dernier voyage, mon doudou Léon. Je l'aime très fort ce petit ours, il m'accompagne depuis que je suis née, mais j'aime mon père encore plus. Léon pourra veiller sur papa et c'est comme si, de cette manière, j'étais encore un peu avec lui.
Ma mère accepte, elle se met à pleurer et me demande d'un regard attendri :
- *Léon ne va pas te manquer mon cœur ? C'était papa qui te l'avait offert, tu sais.*
- *Oui, je sais, mais papa m'en a offert beaucoup d'autres que j'aime tout autant,*

et puis il aimait bien regarder les ours à la télé dans les reportages.

Maman a beaucoup maigri depuis la mort de Jean-Michel. Je me fais du souci pour elle. Du haut de mes cinq ans, je place mes bras autour d'elle et lui dis :

- *Maman, s'il te plaît, mange un peu plus. J'ai peur que tu me laisses toi aussi...*

Elle se met à pleurer et me prend dans ses bras avant de me promettre :

- *Ma chérie, oh, je suis désolée ! Je te promets que je vais me ressaisir. Je vais retrouver de l'appétit. Je vais me battre mon ange. Ne t'en fais pas, je serai toujours là pour toi !*

Je me mets à sangloter et lui confie :

- *Papa me disait ça aussi et il est parti !!!*

Ma mère me serre contre son cœur et me répond :

- *Il n'a pas voulu te laisser, tu sais. Tu comprends mon ange ? La vie est très injuste parfois. On ne peut rien faire contre le malheur qui nous frappe parfois. Ton papa était le plus heureux du monde avec nous, il t'aimait plus que tout...*

- Il me manque tellement maman ! Demain, je veux venir lui dire au revoir ! S'il te plaît !

- Ma chérie... Les enterrements sont trop tristes pour les enfants. Ce n'est absolument pas possible.

- C'est très triste pour toi aussi ! Moi aussi je veux être là pour toi !

Je prends sa main dans la mienne, la serre très fort avant de lui déposer un baiser, comme le faisait papa quand elle était triste.

Le soir, maman me surprend en train de regarder le ciel.

- Il y a beaucoup d'étoiles ce soir. me dit-elle en me rejoignant et en me passant la main dans mes cheveux bouclés.

- C'est là où papa se trouve maintenant ? À l'école, la maîtresse m'a dit que quand on meurt, on monte au ciel et on devient une étoile...

Elle me prend dans ses bras, essuie une larme qui coule sur sa joue et me répond d'une voix douce :

- Oui ma chérie. Papa est monté au ciel et il devenu une étoile. Une étoile qui nous protège désormais.

- Elle est où ? C'est quelle étoile maman ? Je voudrais lui envoyer des baisers, mais il y a tellement de points lumineux !

- C'est celle que tu auras choisie mon ange...

- Les autres étoiles, c'est tous les autres gens qui sont partis aussi ?

- Oui ma puce.

- Alors, toutes les étoiles nous protègent ?

- Oui Charlotte.

- C'est vrai ? Tu me le promets ?

- Je te le promets ma douce...

Ma mère m'embrasse et me repose dans mon lit avant de me raconter une histoire afin que je m'endorme. Épuisée, je trouve rapidement le sommeil, mais au beau milieu de la nuit, je fais une forte fièvre et suis prise de convulsions. Ma pauvre mère est paniquée ! En me voyant devenir inconsciente et toute molle, elle appelle aussitôt le Samu. La voix tremblante, elle me prend dans ses bras, me berce et me chante ma chanson préférée en attendant l'arrivée des secours. Les collègues de papa m'emmènent à l'hôpital, cela ne m'était jamais arrivé jusqu'à présent.

À l'hôpital, les médecins me gardent en observation jusqu'au lendemain. Ma mère se rendra sans moi à l'enterrement de papa. Dans mon petit lit, je boude les infirmières qui m'empêchent de sortir de la chambre. À cause d'elles, je ne pourrai pas dire au revoir à mon papa ! L'enterrement est à onze heures. Toute la famille est déjà présente à l'église, sauf moi ! Je serre très fort mes doudous contre moi et me mets à pleurer. Lorsque ma mère et mes grands-parents reviennent me chercher, ils tentent de me sourire, mais je vois bien toute la tristesse du monde dans leurs yeux rougis par les larmes.

En rentrant à la maison, tout semble tellement différent depuis le départ de papa. Je le cherche partout ! Je cours dans une pièce, puis dans l'autre et je crie :

- *Papa ! Papa ! Reviens maintenant, ce n'est pas drôle ! Arrête de te cacher ! C'est bon tu as gagné !*

J'aurais tellement voulu croire que mon père ne s'était absenté que pendant quelques jours, que sa mort n'était qu'un affreux cauchemar, qu'il allait réapparaître, là, derrière le seuil de la porte et me prendre dans ses bras pour m'embrasser et me faire rire.

C'est comme si l'enterrement m'avait fait prendre conscience à cet instant, que c'était fini, que papa n'existait plus. Au loin, j'entends les sirènes de la caserne retentir en hommage à mon père. Cela fait pleurer ma mère, quant à moi, je vais me réfugier dans ma chambre et je me glisse sous la couette pour tenter de trouver le sommeil.

Je veux m'endormir pour rêver que je suis avec papa. Je me dis que je vais penser très fort à lui pour pouvoir être de nouveau à ses côtés. Je ferme les yeux et l'imagine en train de rire, de me chatouiller et je serre alors très fort mes peluches contre moi, comme si c'était papa qui me consolait… Il avait le plus beau prénom à mes yeux.

Les collègues de papa viennent régulièrement prendre de nos nouvelles à la maison. Maman leur fait prendre place dans le salon et discute avec eux en buvant un café. Maman commence à remonter la pente et je suis soulagée de la retrouver un peu comme avant.

Cela fait déjà six semaines que papa est décédé et maman n'a pas d'autre choix que de continuer à vivre, pour moi, pour le reste de sa famille et les personnes auxquelles elle tient. Ses amis lui rendent aussi très fréquemment visite et font tout pour lui changer les idées, ils passent des heures entières à l'écouter longuement. Faire un deuil n'est pas une chose facile, cela peut prendre beaucoup de temps, plusieurs années parfois. Mais maman est une battante, comme l'était papa et elle a la chance d'être bien entourée aussi, ça c'est très important, ça l'aide beaucoup à garder le moral.

Elle est même retournée au marché ce matin avec sa meilleure amie ! Je demande timidement si je peux les accompagner plutôt que de me faire garder par la nounou et à mon grand bonheur, elles acceptent bien volontiers ! Cela me changera les idées à moi aussi. Je suis soulagée de voir que ma mère s'alimente davantage et qu'elle commence à retrouver un peu de plaisir à choisir des aliments qu'elle n'avait plus cuisinés depuis la mort de papa.

Pendant que je m'attarde sur un stand de jouets, maman, pensant que je n'entends pas, se confie à son amie :

- Jean-Michel était conscient qu'avec son métier, il pouvait très bien ne pas rentrer à la maison et je me souviens d'une phrase qui m'avait marqué. Il m'avait dit : si jamais un jour il m'arrive quelque chose, surtout, ne baisse pas les bras. Bats-toi. Bats-toi pour notre fille, pour ta famille, pour tes amis et pour moi. Promets-moi de continuer d'être la femme courageuse qui illumine ma vie depuis que nous nous sommes rencontrés. Ce n'est pas parce que je ne serai plus là physiquement que nous ne pourrons plus continuer à nous aimer.

En entendant ces paroles, son amie verse une larme. Ma mère a beau tenter de chuchoter, j'ai tout entendu. Je repose alors le jeu qui m'intriguait et les rejoint en prenant la main de ma mère pour tenter de la réconforter. Ce jour-là, cette phrase me marque beaucoup. Papa savait qu'il risquait de mourir.

Chaque jour passé avec lui, à ses côtés, chaque éclat de rire et chaque petit moment de détente, était une victoire de gagnée sur la vie. Les conditions de ce travail sont tellement difficiles. Personne ne peut savoir de quoi demain sera fait, mais les pompiers, policiers ou toute autre personne qui fait un métier à risque, encore moins.

Ce soir-là, je me remets à faire une forte fièvre et je suis de nouveau prise de convulsions. Ma mère tente de garder son calme et de faire ce que lui ont conseillé les médecins, mais cela ne suffit pas. Mon état empire et je perds alors connaissance. Les collègues de papa arrivent aussitôt pour m'emmener une nouvelle fois à l'hôpital.

Dans l'ambulance, je commence à rouvrir les yeux. Les sirènes qui retentissent me sortent peu à peu de mon sommeil et je reconnais Bruno, un des meilleurs collègues de papa, penché juste au-dessus de moi, en train de me sourire et de me demander comment je vais.

- *Ne t'en fais pas Charlotte, nous sommes bientôt arrivés.* me dit-il.

- *Où est maman ?* lui demandais-je.

- Juste derrière l'ambulance. Elle nous suit en voiture.

Moi qui leur en voulais après la mort de papa, me voilà tout à coup apaisée de toute colère, de toute rancune. Je me sens bien auprès d'eux, en sécurité. Comme si c'était papa qui était à mes côtés. Après tout, lui aussi était dans ce camion pour emmener les victimes. C'était un V.S.A.V comme celui-ci dans lequel j'étais montée plusieurs fois en sa compagnie.

Et puis, pourquoi leur en voudrais-je ? La colère et le désespoir peuvent vraiment faire perdre la raison parfois. On se montre mauvais et on en veut au monde entier. Bruno et ses collègues ont tout fait pour sauver papa. Jamais ils n'auraient voulu qu'il lui arrive quelque chose, c'est évident. Les pompiers, c'est comme une grande famille. Mon père nous le disait tout le temps à la maison et il avait raison.

Ayant repris complètement conscience, je me mets à pleurer, réclamant mon doudou, mais ce dernier est resté à la maison, alors les médecins me consolent rapidement et me tendent une autre peluche en imitant des voix, comme le faisait papa. Ils sont incroyables ces docteurs ! Ils parviennent même à me faire sourire, ce qui n'était pas arrivé depuis la mort de mon père.

Je ressors des urgences pédiatriques quelques heures plus tard. Je serre bien fort la main de ma mère et l'embrasse de tout mon cœur. Je lui confie alors :
- *Tu sais maman, ils sont très gentils les collègues de papa et les médecins aussi ! Ils m'ont fait rire comme papa le faisait !*
Maman me sourit et m'embrasse tendrement. Dans l'après-midi, elle décide de m'emmener voir notre médecin de famille, le docteur Theo, afin d'avoir un avis sur ce qu'il m'arrive depuis quelque temps. Le médecin me connaît depuis que je suis née et dès que je franchis la porte, il me dit :
- *Alors coquine, qu'est-ce qu'il t'arrive ?*
J'adore le docteur Theo. Qu'est-ce qu'il est drôle ! Il arrive toujours à me redonner le sourire ! Papa s'entendait très bien avec lui, ils pratiquaient même le tennis de temps en temps tous les deux et c'était toujours papa qui gagnait !

Le docteur Theo se met à m'ausculter puis m'invite à jouer un peu, avant de donner son diagnostic à ma mère. Il est formel : les convulsions sont dues à un choc psychologique que m'a provoqué la mort de mon père. Il conseille alors à maman :
- *Ma chère Michèle, quand cela se reproduira, faites-lui une piqure de valium, la crise s'arrêtera aussitôt.*
Contrairement aux autres enfants qui sont terrorisés à l'idée d'aller chez le médecin, de mon côté, lorsque je me rends chez le docteur Theo, je me sens bien, je n'ai jamais peur, même lorsqu'il me fait les vaccins et je ne pleure JA-MAIS ! J'en suis d'ailleurs très fière. Le médecin a le même âge que papa, à deux mois près, et je commence à m'attacher à lui pour compenser l'absence de mon père. Le docteur Theo me rappelle l'époque où tout allait bien et où papa était encore vivant.

Depuis la mort de papa, je m'amuse de temps en temps avec ma mère bien sûr, mais je me suis résignée à jouer aussi toute seule dans ma chambre. Je sors de mon coffre la caserne de pompiers en legos et des figurines et j'invente des histoires, comme si papa était à mes côtés, comme avant. Mamie et papi ont raison : les gens qui partent continuent de vivre dans notre cœur, du moment qu'on ne les oublie pas et qu'on pense à eux…

Je ne joue principalement qu'avec mes petits soldats du feu et je leur parle, comme si je parlais à papa. Cela me fait du bien, je n'ai pas d'ami imaginaire comme mes petits camarades de classe, mais je parle à mon papa. Je sais qu'il me protège de là où il est, qu'il veille sur moi et qu'il doit être content de voir que je recommence à être un peu comme avant. Ce soir, avec maman, on regardera son étoile, on verra si elle brille autant que les autres nuits…

Cela fait quatre mois que papa nous a quittés et à l'école, je commence à être plus attentive et je participe davantage. Je vais bientôt entrer en CP et je me rappelle d'une promesse que j'avais faite à mon père lorsqu'il me disait :

- *Il faut toujours donner le meilleur de soi-même dans la vie, Charlotte.*

Il me le répétait tellement souvent et je lui répondais à chaque fois avant de l'embrasser sur la joue :
- *Oui papa. Je te le promets.*

Maman m'aide à faire mes devoirs tous les jours et elle est fière de voir à quel point je suis appliquée et que je travaille bien malgré tout. La maîtresse, d'ailleurs, est très impressionnée de voir qu'après le drame qui nous a frappés, je continue d'être une petite fille modèle en classe.
- *Charlotte est une fillette très courageuse, comme l'était son papa.* confie-t-elle à ma mère le dernier jour de classe. *Je ne m'inquiète pas pour elle. Charlotte entrera en CP à la rentrée et continuera de bien travailler comme elle l'a toujours fait !*
Pour me récompenser, ma mère m'emmène dans un grand magasin de jouet et m'offre un nouveau camion de pompier, encore plus beau et plus gros que celui que j'avais !
- *Merci beaucoup maman. Quel beau cadeau ! Je t'aime tellement ! Papa doit être content de voir que je vais bien m'amuser avec ce modèle. On le regardait*

ensemble quand on allait dans le magasin tu sais, et il voulait aussi me l'offrir pour mon entrée à l'école primaire !

Maman m'embrasse sur le front et nous rentrons à la maison pour jouer toute l'après-midi avec ce beau camion, dans le jardin, sous un soleil resplendissant.

Les moments de complicité que j'avais avec mon père me manquent parfois horriblement. Quand son absence est trop dure à supporter, je lui fais un dessin. Je m'applique à colorier sans dépasser des camions de pompiers, des bonshommes et lorsque ses collègues passent à la maison pour prendre de nos nouvelles, je ne suis plus la petite fille triste, boudeuse et en colère comme du temps où je leur en voulais. Je me jette désormais dans leur bras et leur offre des dessins, comme du temps où mon père travaillait encore à la caserne. Cela me fait du bien de passer du temps avec eux, de recommencer à rire quand ils s'amusent à me taquiner. Je leur demande même si je peux revenir un jour à la caserne et ils me répondent bien évidemment, avec un grand sourire :

J'ai l'impression que mon père a laissé un vide tellement immense que j'essaie de le combler en me passionnant pour ce qu'il aimait plus que tout. J'ai toujours adoré le métier qu'il faisait. Ces hommes et ces femmes sont si courageux, tellement exemplaires. Ils ne se plaignent jamais, contrairement à d'autres personnes qui se lamentent pour des broutilles. Ils savent profiter de chaque moment comme si c'était le dernier. Les instants qu'ils passent avec leur famille, les balades à vélo ou courses à pied qu'ils font avec leurs copains sont peut-être les dernières ? Car ils ne savent pas lorsque leur bip sonnera, s'ils vont rentrer sains et saufs à la maison. Et rien que pour cela, on ne peut que les admirer.

Le décès de mon père me fait grandir plus vite que les autres enfants. Je me rends compte à quel point la vie est précieuse et qu'elle peut s'arrêter du jour au lendemain. Je veux être aussi courageuse que mon papa et ses collègues et que mon cher papounet continue d'être fier de moi, peu importe où il se trouve désormais.

Ce soir de juillet

Pendant un soir de juillet, je me réveille affolée. Je suis en nage et ne parviens plus à respirer correctement. Ma respiration est sifflante et je tente d'appeler ma mère, mais je ne parviens pas à crier. Je me mets alors à tambouriner avec mes pieds et mes mains contre le mur pour qu'elle m'entende. Maman arrive en courant, tente de garder son calme, me place un oreiller derrière la tête et essaie de me rassurer. Elle sait parfaitement reconnaître une crise d'asthme, elle-même en a déjà fait. Par contre, c'est bien la première fois que cela m'arrive. Je respire de plus en plus mal et ma mère est obligée d'appeler les pompiers. Ces derniers franchissent le seuil de la porte et se précipitent dans ma chambre dans les minutes qui suivent. Avec l'accord du médecin du Samu, Bruno m'administre de la ventoline et la crise commence à passer. Mais il faut quand même m'emmener à l'hôpital pour qu'un docteur m'examine. Bruno me prend dans ses bras pour me mettre dans le V.S.A.V. Je me sens bien contre lui, comme si c'était papa qui me réconfortait. Je place mes bras autour de son cou et pose ma tête sur son épaule.

Arrivée à l'hôpital, j'ai un pincement au cœur en les voyant repartir. Rien que pour cela, j'ai tellement hâte de les revoir ! Mais cet asthme soudain m'a fait tellement peur, je ne veux surtout pas que cela se reproduise, j'ai vraiment cru que je n'allais plus pouvoir respirer.

J'aurais revu mon papa si j'étais montée au ciel, mais j'aurais été triste de laisser maman, toute ma famille, ainsi que mes copains et mes copines. Le diagnostic des médecins montre que je souffre d'un asthme sévère provoqué par la mort de mon père, comme pour les convulsions. Le choc psychologique a été si violent qu'il m'en a provoqué cette maladie. En entendant cela, maman est désespérée et se met à fondre en larmes devant les médecins. Il ne manquait plus que ça, que sa petite fille tombe malade…

Ma mère décide de prendre quelques jours de congés et de m'emmener en vacances au grand air, direction : les Alpes. L'air de la montagne ne peut être que bénéfique pour mes bronches. C'est la première fois que je pars en vacances sans mon père et même si ma mère fait tout ce qu'elle peut pour que ce voyage se passe agréablement bien, je ne peux m'empêcher de ressentir une profonde tristesse. J'aurais aimé découvrir ces magnifiques paysages sur les genoux de mon père. J'aurais tellement adoré faire des photos au pied de cette montagne en leur compagnie.

Maman me propose de faire quelques photos devant ce panorama qui s'offre à mes yeux et je me mets à sourire pour lui faire plaisir. Rien n'est plus beau que le sourire d'une maman et je décide de continuer d'être courageuse et de tout faire pour cacher ma tristesse. Je m'autorise le droit de pleurer le soir, une fois que je suis couchée, avec mes doudous et le cadre de papa que je serre bien fort contre mon cœur. Je fais en sorte que maman ne m'entende pas sangloter et puis, je parle à la photo de mon papounet, comme pratiquement chaque soir et je me sens mieux. Je sais qu'il m'écoute de là où il est, c'est maman qui me l'a dit et je finis par m'endormir…

Je rêve souvent à lui et ce qui me réconforte, c'est que ce sont de très beaux songes …

Lorsque je rêve de papa, il m'accompagne partout où je vais : à l'école, dans les supermarchés, au parc de jeux, à la caserne, en voiture, dans la maison… Il me donne le bain comme avant, s'amuse à m'arroser dans notre petite piscine qui se trouve dans le jardin, papa m'apprend le nom des fleurs et des arbres, mais aussi des fruits et des légumes… J'ai même rêvé une fois qu'il me donnait un cours de cuisine et qu'ensemble, nous réalisions un gâteau immense pour son anniversaire ! C'était tout simplement magnifique… C'est comme si la vie ne s'était finalement pas arrêtée avec lui. Elle se poursuit la nuit, pendant que je dors et au petit matin, je me sens apaisée. Je me dis que je le reverrai ce soir dans mes rêves et que pendant la journée, c'est comme s'il était parti travailler…

Trois ans ont passé depuis la mort de mon père. Je suis désormais une petite fille de huit ans qui vit tant bien que mal l'absence de son papa. Maman s'est inscrite dans un club de danse et travaille beaucoup pour se changer les idées. Elle adore son job et je suis, de mon côté, tellement heureuse de voir à quel point elle commence à aller mieux. Elle continue de pleurer l'absence de papa, c'est normal, mais elle se reprend vite et se concentre alors sur une tâche pour penser à autre chose. Je suis une fillette qui tient toujours ses promesses et j'avais promis à papa de bien travailler à l'école, quoi qu'il arrive. C'est ce que je fais. Ma maîtresse est fière de moi. Je suis attentive en classe et travaille très bien, mais mon asthme me gâche la vie parfois. Je ne peux pas faire autant de sport que mes petits camarades, car cela risque de me déclencher une crise. Il faut aussi que j'évite d'être contrariée et que je ne me mette pas en colère. J'ai toujours de la ventoline sur moi et je sais reconnaître une crise arriver. Parfois, maman ou l'école doivent appeler les pompiers lorsque la ventoline ne suffit pas et les anciens collègues de papa arrivent pour m'emmener à l'hôpital. Quand je les vois, je me sens apaisée, c'est comme si les crises passaient plus rapidement et je finis par respirer comme avant. En les observant, je retrouve l'uniforme que portait mon papa, le regard sûr et déterminé qu'il renvoyait, la facilité qu'il avait de rassurer les enfants et ce besoin d'être là pour les autres, chaque jour, à chaque instant…

L'adolescence

Moi aussi, quand je serai grande, je voudrais exercer le même métier que papa. Plus les années passent et plus j'y pense, je suis sûre de mon choix, mais là encore, à cause de mon asthme, cela risque d'être compliqué. Et puis, ma mère préfère que je fasse de longues études, sans compter qu'elle a très peur qu'il m'arrive à mon tour un accident.

C'est d'ailleurs souvent un sujet de querelles qui revient à la maison et je peux vous le dire, à l'adolescence, quand quelque chose vous contrarie, ça prend tout de suite des proportions démesurées ! Un jour, du haut de mes quinze ans, je lui réponds agacée :

- Mais si j'ai envie de devenir pompière enfin ? C'est ma vie ! Ce n'est pas la tienne ! Je sais que je suis faite pour ça ! Moi aussi je veux aider les autres comme le faisait papa ! Et je commencerai par

être jeune sapeur-pompier ! Merde alors ! Un point c'est tout ! Tu m'énerves !!!

Ma mère préfère ne pas discuter et retourne s'occuper au salon. Je m'en veux d'avoir crié et de lui avoir manqué de respect, mais elle n'est franchement pas facile parfois ! Maman est assise sur le canapé et tourne nerveusement les pages d'une revue. Je la rejoins alors et pose ma tête contre son épaule en lui prenant la main et lui demande pardon :

- *Je suis désolée de m'être énervée, en plus, je ne devrais pas pour mon asthme.*

- *Tu as eu de la chance que cela ne te provoque pas de crise Charlotte.*

- *Oui je sais.*

Maman pose sa revue sur la table basse, passe sa main dans mes cheveux et me répond alors :

- *Tu sais Charlotte, loin de moi l'idée de t'empêcher de faire le métier de tes rêves. Je serais la plus heureuse du monde si tu pouvais intégrer la brigade des sapeurs-pompiers, mais c'est impossible de faire ce métier quand on a cette maladie. Tu le sais bien quand même !*

- Oui je sais maman, mais j'en ai tellement marre... C'est bien ce que m'agace d'ailleurs... Papa aurait été si fier de moi que je puisse faire comme lui.

- Il est déjà très fier de voir la belle jeune fille que tu es devenue : si gentille, si posée et tellement raisonnable.

- C'est gentil maman.

Elle esquisse un sourire et rajouter alors :

- Quand tu ne fais pas ta tête de mule bien sûr !

Je me mets à rire, elle poursuit :

- Tu es douée pour les études tu sais. Ce serait dommage de ne pas poursuivre et de ne pas améliorer tes connaissances dans une filière comme la littérature par exemple, que tu aimes tant.

 - C'est vrai, mais alors je ne sais pas du tout dans quelle branche me diriger.

- Pourquoi ne deviendrais-tu pas professeur des écoles, toi qui aimes tant les enfants et qui adores leur apprendre des choses ? Regarde comme tu te montres bienveillante vis-à-vis de tes petits cousins et cousines ? On dirait une petite maman quand tu t'occupes d'eux ! Tout le monde *te fait confiance et personne n'est inquiet de te laisser seule avec de jeunes enfants.*

- C'est normal. C'est papa qui m'a fait devenir ainsi. Dans son métier, on doit être là pour les autres, prendre le temps de les écouter et de les aider.

- Ce n'est pas aussi un peu grâce à ta maman que tu as de si jolies qualités ma chérie ? me demande-t-elle amusée et en me taquinant.

Je lui réponds en souriant :

- Si, bien sur maman ! Tu as été tellement formidable depuis le décès de papa. J'ai beaucoup de chance de t'avoir. Pardon, c'est un peu maladroit ce que j'ai dit, mais papa me manque énormément et c'est pour cette raison aussi que je suis un peu bizarre parfois.

- Je sais ma puce. Je ne peux pas te reprocher cela. On en souffre toutes les deux. Le temps efface petit à petit les blessures, mais, elles nous rattrapent parfois et nous rendent tristes comme au premier jour.

- Tu te rends compte que demain c'est son anniversaire…

- Oui. Il va falloir lui apporter de belles roses pour fleurir sa tombe.

- Je lui prendrai des pensées, ils les adoraient. Papa était incroyable ! Il aimait même les fleurs ! Pour un homme c'est rare !

Maman se met à sourire et me répond d'un air amusé :

- Mais ! Qu'est-ce que ça veut dire ça mademoiselle ! Les hommes ne peuvent pas aimer les fleurs ?

Je lui réponds alors en riant :

- Si bien sûr, mais ce sont les femmes qui ne pensent qu'à ça !

Maman continue de me taquiner :

- Comment ça on ne pense qu'aux fleurs... ? Mais dis donc toi, ce n'est pas un peu bientôt fini !

Elle se met à me chatouille et j'éclate de rire. Comme ça fait du bien ces moments de complicité.

Cette nuit-là, une idée me traverse l'esprit. Papa aurait eu cinquante-deux ans demain et depuis sa mort, nous allons toujours porter des fleurs sur sa tombe moi et maman. C'est tout. Cette année, je veux faire autre chose : je ne pourrai peut-être jamais devenir pompière, en revanche, je sais que papa serait très fier de moi si ce à quoi je pense pouvait marcher… Oh je sens que je vais bien dormir moi ce soir !

Le lendemain, je suis en pleine forme et tellement impatiente à l'idée de révéler à ma mère ce qui m'a tant mis en joie la veille !
- *Maman ! Maman ! Il faut que je te parle ! C'est très important !*
- *Houlà ! Houlà ! Quel élan ce matin ! Quelle vitalité ! Oui ma chérie, vas-y, je t'écoute.*
- *Voilà : hier j'ai eu une idée fabuleuse et j'aimerais avoir ton avis là-dessus.*
- *Dis-moi tout ! Cela m'intrigue ! Tu as l'air tellement heureuse !*
- *Oui tu vas voir ! J'ai pris une grande décision…*
- *Laquelle ?*
- *Je ne pourrai jamais devenir pompière, mais cela m'est égal. Je sais désormais sur quoi rebondir.*
Ma mère esquisse un large sourire. Elle trépigne d'impatience à l'idée de savoir !

Je décide de ne pas faire durer le suspense plus longtemps et poursuis :

- Voilà : tu sais qu'au lycée, j'adore le dessin et en toute modestie, je ne me débrouille pas si mal et en français aussi, c'est même toi qui me l'as dit...

- Oui, tout à fait Charlotte. Je dirais même que tu es excellente dans ces matières. En toute modestie bien sûr. répond-elle en souriant malicieusement.

- Merci maman. C'est gentil. Eh bien, voilà mon idée : pourquoi ne pas faire des études qui me permettraient de devenir illustratrice spécialisée dans le thème des sapeurs-pompiers et en même temps, professeur des écoles ? C'est toi qui avais raison, je suis faite pour transmettre des choses aux enfants, j'adore ça !

-Eh bien ! En voilà une idée !!!

- Tu es déçue ?

- Non pas du tout ma chérie. Je trouve ces idées excellentes, au contraire ! Mais tu n'as pas peur que les deux ça fasse trop ?

- Non, je m'en sens capable. Enseigner ne doit pas être bien compliqué. Il n'y a qu'à voir certains de mes professeurs, c'est eux

qui m'ont donné envie, et puis je suis décidée et déterminée !

- Je suis fière de toi ma fille. Papa aurait été si fier lui aussi que tu puisses réussir dans ces domaines-là tu sais. Professeur dis donc...qu'est-ce que cela t'irait bien !

- Papa adorait quand je lui remettais des dessins. Il me disait toujours que j'étais très douée dans ce domaine, même à l'âge de cinq ans.

- Et il avait raison. C'est vrai que tes derniers croquis commencent à devenir très réalistes. Tu as de l'or dans les mains et tout ce qu'il faut pour réaliser tes rêves : le talent, la passion, la persévérance et le goût du travail bien fait. Il ne te manque plus que la chance. Et je suis certaine qu'elle va te sourire. Papa va t'aider là-dessus. N'oublie pas qu'il nous protège de là-haut et qu'il fera tout pour que sa petite princesse puisse être heureuse.

- Je t'aime maman.

- Moi aussi mon cœur. Je suis tellement, tellement fière de toi...

Les encouragements de ma mère me font pousser des ailes. Cela me fait chaud au cœur. Mes grands-parents sont du même avis que moi. Tout le monde trouve que je suis parfaitement faite pour ça ! Ma mère ne me le dira jamais, mais je sais qu'au fond, elle est soulagée que je me sois destinée à ces métiers plutôt que celui de pompière, car je ne risquerai pas ma vie comme l'a fait papa. Maman n'aurait pas supporté de me perdre également.

Ce qui me console dans ce choix, c'est que je pourrai continuer de vivre ma passion et de faire à mon tour, quelque chose pour les collègues de papa. C'est comme si je le faisais pour lui.

Pourquoi ne pas réaliser des croquis réalistes de leurs interventions ou bien illustrer leur calendrier ? Je suis sûre qu'ils en seraient enchantés, mais ça demande beaucoup, beaucoup de travail, je ne souhaite pas leur en parler tout de suite, je veux d'abord continuer de m'améliorer.

Je me rappelle de chaque intervention qu'ils ont faite me concernant quand j'étais petite, quand ils m'accompagnaient dans les urgences pédiatriques, quand ils rassuraient ma mère, quand ils prenaient le temps de nous consoler, de nous rassurer, ils ont fait tout ce qu'ils pouvaient pour remplacer mon père. Papa était l'un des meilleurs pompiers au sein de la caserne et malgré les années qui passent, il laisse encore un vide immense.

Le centre de secours où papa travaillait est devenu notre refuge à moi et maman. On en ressort à chaque fois plus fortes. Quand je ne vais pas bien, je vais les voir et prends le temps de discuter un peu avec eux. Ils sont toujours là pour nous et nous remontent le moral.

Je ne les remercierai jamais assez de m'avoir transmis autant de valeurs. Que ce soit l'humilité, le courage ou encore l'altruisme. Ces personnes au grand cœur méritent tout le respect du monde.

Mes études se passent très bien, même au lycée, je continue de rester l'une des meilleures élèves de ma classe. Ma matière préférée est le français bien sûr, et je me régale lorsqu'on doit rendre des rédactions ! Mes camarades détestent les rédactions, ce sont pour la plupart d'entre eux des matheux avant tout. Je m'entends très bien avec chacun d'entre eux. En même temps, ce lycée a très bonne réputation, c'est même là ou papa et maman ont été étant jeunes. Comme disait papa : il faut donner le meilleur de soi et malgré mes résultats excellents, je ne suis pas encore complètement satisfaite de moi, ni de mes croquis. Papa mettait la barre très haut pour moi, alors je fais la même chose, ma réussite : c'est ma force. Mais maman me freine et me raisonne quand je suis trop exigeante avec moi-même ! J'en ai encore besoin parfois.

Au fil des mois et des années, je deviens une vraie passionnée. Mon intérêt pour le dessin et la littérature grandit davantage. Mes croquis sont plus travaillés, je m'attache à accorder de l'importance à chaque détail. Ce que je préfère dessiner, ce sont les fourgons pompes-tonnes et l'intérieur des V.S.AV.
Ma mère et mes grands-parents, admiratifs, ne cessent de me complimenter et me conseillent :
- *Tu ne crois pas que tu pourrais en parler à Bruno et aux autres collègues de papa désormais ? Ce que tu réalises comme*

croquis est criant de réalisme ! Tu commences à atteindre la perfection !
- *Non pas encore.* répondis-je exigeante. *Il manque encore quelque chose…*

Comme le temps passe vite, je suis désormais âgée de vingt-deux ans et suis toujours aussi passionnée par ce que je fais. Mes études prennent beaucoup de temps et me correspondent vraiment. Il ne me reste plus qu'un an et je pourrai passer mon concours pour devenir professeur des écoles. Cinq ans, c'est long, mais ces études m'ont passionnée dès le début. J'ai tellement hâte d'apprendre plein de choses à ces chères têtes blondes ! J'espère qu'on m'enverra enseigner dans une école maternelle, ce serait mon plus grand souhait. Qui sait, peut-être aurais-je cette chance si je décroche le concours… En tous les cas, je vais me donner les moyens de mes ambitions ! Mes croquis avancent bien aussi, cela me passionne autant que mes études ! J'ai choisi la bonne voie et étant toujours en quête de perfectionnement, je dessine dès que j'ai un moment.

Depuis le décès de papa, je ne peux m'empêcher de me faire du souci pour mes proches, j'ai toujours peur qu'il leur arrive quelque chose, aussi, je tiens à être là pour eux. Je profite de chaque moment à leur côté et ne me dispute plus avec eux, cela ne sert à rien. En cas de désaccord, il est préférable de discuter et on finit toujours par trouver une solution. Et puis, dire franchement les choses, c'est ce que l'on fait aussi dans la famille !

La mort de papa m'a appris beaucoup de choses, notamment à profiter de chaque instant que l'on passe avec les gens qu'on aime…

Mes grands-parents commencent à être très âgés et je sais à quel point ma compagnie leur fait du bien. Papi me raconte toujours les mêmes histoires de son passé, je les connais par coeur, mais j'aime les réentendre comme si je les découvrais à chaque fois pour la première fois ; je connais tout de son enfance, de ses débuts de carrière, de ces moments d'angoisse qu'il a connus quand il faisait la guerre, de sa rencontre avec mamie… Et je l'écoute toujours avec autant de passion. Comme il est heureux de se confier à moi à chaque fois, je lis dans son regard toute la fierté du monde lorsqu'il relate son passé. C'est comme s'il revivait alors toutes ces belles choses. La nostalgie est là et elle l'emporte dans ses souvenirs... Je profite de ces échanges avec lui, je sais que demain tout peut s'arrêter et je ne veux pas regretter de ne pas avoir passé assez de temps auprès de lui.

Mamie adore cuisiner avec moi, cela lui rappelle l'époque où elle travaillait au restaurant. C'est une grande bavarde aussi et elle me fait tant rire !

J'aime ma vie. Oui, je l'aime.

Maman reste très attachée au souvenir de mon père et n'a jamais retrouvé un autre homme. Il y a bien eu quelques rencontres, mais sans franc succès. De mon côté, papa me manque toujours autant, mais je continue de faire de belles choses pour qu'il soit fier de moi de là où il se trouve.

Malgré les années qui passent, je pleure souvent en pensant à lui. J'ai beau être une femme désormais, un parent est un parent et l'absence de mon père reste encore parfois difficile à vivre. Il y a tant de choses que j'aurais aimé lui confier mes doutes, mes joies, mes peines… Il y a tant de choses qu'il aurait encore pu m'apprendre, même à mon âge !

Je continue de lui parler le soir, avant de m'endormir, mais secrètement, dans mon cœur. J'ai toujours le même cadre posé sur ma table de chevet, avec sa photo et son sourire éternel, qui me renvoie tant d'amour. Je ne me séparerai jamais de ce cadre. Je pense que l'écriture m'aide à supporter son absence. C'est un don et comme dirait maman : c'est un don que j'ai développé grâce à lui. C'est vrai que mon père m'encourageait tellement dans la créativité. Lui-même adorait peindre. Maman a d'ailleurs gardé toutes les toiles qu'il a réalisées. Il était très doué lui aussi, je dois tenir ça de papa !

Je me rends très souvent sur sa tombe. Je la fleuris de pensées et de roses, c'étaient ses fleurs préférées, puis, je m'assoie et je reste là à regarder la pierre tombale et la date qui se trouve sur le côté. Date à laquelle ma vie s'est arrêtée.

Je suis avec lui dans mes pensées et lui demande souvent de m'aider lorsque je doute ou quand je rencontre une difficulté. Je ne peux m'empêcher de larmoyer sur sa tombe, c'est plus fort que moi. Mais je me ressaisis bien vite en repensant au regard déterminé qu'il avait. De mémoire, je ne l'ai jamais vu douter, ni même pleurer, même si maman dit que c'était un grand sentimental.

- *Je te laisse papa. Je reviendrai te voir demain.*

Je dépose un baiser sur sa tombe et m'éloigne. Parfois, je repars le cœur lourd et à d'autres moments, le cœur léger de mettre confiée à lui…

J'ai la chance d'être une jeune femme entourée d'une famille bienveillante et très affectueuse ainsi que d'amis sincères et ça, ce n'est pas donné à tout le monde. Les collègues de mon père font bien sûr partie de mes amis, je dirais même que je les considère parfois comme des membres de ma famille, tant le drame qui nous est arrivé, nous a rapprochés.

Je poursuis mes études et continue d'être curieuse de tout ce qui se trouve autour de moi, afin d'avoir une tête bien faite et une bonne culture. Comme disent mes grands-parents : une tête bien faite est une tête qui réussit.

Je crois en moi, en mon rêve. On a tous une mission dans la vie et la mienne sera de faire rêver les enfants à travers les dessins que je créerai pour eux. J'aime tellement les enfants. J'ai hâte d'en avoir d'ailleurs !

- *Pour ça, il faut trouver le prince charmant ma chérie…* me dit ma mère, d'un regard amusé, me sortant alors de ma rêverie.

- *Je ne t'ai pas entendue rentrer. Tu m'as surpris maman !*

- *Toujours dans tes pensées mon ange ? Tu rêves ENCORE au prince charmant ?*

Je me mets à sourire et l'embrasse :

- *Ça alors, comment le sais-tu ? Tu es incroyable toi, tu devines tout ! Je vais finir par croire que tu as un sixième sens !*

- Une maman connaît son enfant par cœur. Alors, et ce beau jeune homme ? Tu n'as remarqué personne qui te plairait dans ta faculté ?

- Non, pas vraiment. Ils sont tellement prétentieux ! Ça ne m'intéresse pas les gens qui se vantent de diplômes. Je préfère la simplicité.

- Et à la caserne de ton père ? Il n'y a pas un petit nouveau qui te plairait ?

- Non et puis tu sais, tout à fait entre nous, je préfère rester amie avec eux.

- Alors pourquoi ne partirais-tu pas un peu en vacances cette année avec d'autres jeunes ? Toi qui adores la randonnée ! Tu pourrais faire de belles rencontres qui sait ?

- C'est vrai que c'est une bonne idée ça !

- Viens, on va regarder ce qu'ils proposent comme séjour sur internet. Ça te fera du bien de penser à autre chose qu'à travailler. Il n'y a pas que cela dans la vie, regarde donc ta tête un peu ma chérie ! Regarde les cernes que tu as ! Non vraiment, tu travailles trop, il te faut du RE-POS ! Tu as besoin de te détendre un peu ! Allez stop ça suffit ! On écoute un

peu sa mère et on arrête un temps de travailler ! Zou ! Quitte-moi donc cette chambre et tes cours !

Je me mets à rire et la rejoins. Elle poursuit, satisfaite :

- Tiens, je vais te faire ta tisane préférée, installe-toi dans le canapé, je vais prendre l'ordinateur.

- Merci maman. Tu es la meilleure !

Je trouve alors un séjour d'une semaine qui me tente bien. Il s'agit de partir avec un groupe de jeunes de mon âge, pour faire un trek pendant toute une semaine en montagne. C'est l'aventure ça ! Je trépigne d'impatience à l'idée de partir ! Ma mère n'est pas du tout inquiète, bien au contraire, elle semble être aussi impatiente que moi !

- Ce doit être l'instinct maternel, je ne sais pas, mais tu sais ma puce, je suis persuadée que tu vas faire une rencontre qui va changer ta vie pendant cette semaine...

- Tu es gentille ! Si seulement tu pouvais dire vrai !

Le grand amour

Dans le train, en attendant d'arriver à destination, je m'adonne à mon activité favorite : le dessin.
Je suis désormais plus que satisfaite de mes illustrations et je pense que je vais en commencer à en parler aux collègues de papa lorsque je rentrerai du séjour.

Le train s'arrête. En descendant, une chaleur étouffante se fait alors ressentir. Il va faire beau toute la semaine ont-ils annoncés. Je remarque par-ci, par-là, des jeunes gens qui comme moi, avec leur sac de randonnée lourdement chargé, tentent de repérer la navette qui les conduira jusqu'au centre de vacances. Certains tirent également avec eux une valise à roulettes et sont déjà fatigués par cette forte chaleur. La sueur perle sur leur visage. Ils ne sont pas au bout de leur peine ! Je m'installe dans le bus à côté d'une fille avec qui je bavarde une bonne partie du chemin. Nous ne serons pas dans le même groupe, c'est dommage, nous nous entendions tellement bien !

Arrivée au centre, je fais connaissance avec les autres personnes qui participeront cette semaine au trek que j'ai choisi. Nous sommes huit au total, le moniteur qui va nous accompagner pendant cette randonnée, a l'air d'être un vrai passionné. Nous commençons par nous présenter un à un. Nous venons tous d'horizons différents. Il y en a certains qui arrivent de l'étranger et qui ont dû partir très tôt hier pour pouvoir être à l'heure ce matin. Je remarque à cet instant, un jeune homme différent, mais vraiment différent des autres. Il observe tout le monde et semble très discret, comme moi. Ses cheveux sont châtain clair, ses yeux sont d'un bleu profond et son visage est fin et anguleux. Il n'est ni chétif ni trop musclé, juste ce qu'il faut. De toutes les façons, les gros bras ne m'intéressent pas, bien au contraire. Physiquement, ce garçon a tout pour me faire craquer, il a l'air si pur, il a le visage d'un ange. Il m'est déjà arrivé de tomber amoureuse, mais jamais de cette façon, jamais je n'ai ressenti une telle attirance pour quelqu'un. Je me plonge alors dans son regard, il se plonge dans le mien et l'espace d'un instant, nous comprenons que nous sommes faits l'un pour l'autre, l'amour vient de frapper à notre porte, enfin. Ce qui se passe tout simplement magique ! C'est incroyable ! Je n'arrive pas à y croire…

Nous faisons ensemble le premier pas, je me rapproche de lui, il se rapproche de moi et nous commençons à discuter. Je vois dans son regard qu'il m'apprécie et réciproquement… Il s'appelle Timothé et lorsque je l'écoute parler, je le trouve très intéressant. Il y a un « je ne sais quoi » qui le rend incroyable. Peut-être plus mature, plus réfléchi et fin observateur aussi. Et puis, il ne se met pas en avant et prend le temps de bien faire les choses aussi.

Maman avait raison… Ce séjour va bouleverser ma vie !

Une fois équipés de bonnes chaussures de marche, de bâtons et d'un matelas roulé sur le côté de notre sac, nous sommes enfin prêts à partir à l'aventure, je trépigne d'impatience !

Le moniteur nous apprend énormément de choses à mesure que nous avançons sur les sentiers. Les groupes se forment, des amitiés se créent et moi, je reste aux côtés de Timothé et je l'écoute me parler de lui, de ses passions, de ses envies...

Au fur et à mesure que je marche, je me rends compte que je suis la plus heureuse du monde en ce moment... Des paysages idylliques s'offrent à mes yeux, nous avons un soleil resplendissant et une petite brise de vent, toute légère, juste parfaite pour nous rafraîchir un peu. Quant à l'amour que je ressens pour ce garçon, il est si fort qu'il m'en fait vibrer ; je souhaiterais à cet instant que le temps s'arrête tant le bonheur est au rendez-vous et je me mets alors à penser : si papa est au paradis, eh bien, je le suis également...

Timothé est un passionné de photographies tout comme moi et les montagnes qui se trouvent devant nous, lui donnent beaucoup d'inspiration, les clichés qu'il réalise sont magnifiques ! Ensemble, nous faisons des photos et nous nous échangeons les numéros de téléphone et lorsqu'il m'envoie quelques-unes de ses photos par SMS, elles sont comme un trésor pour moi.

Timothé et moi nous sommes liés d'amitié avec une autre fille du groupe qui semble, tout comme nous, passionnée de nature. Elle se prénomme Natacha, c'est une fille très bien, avec de bonnes valeurs morales et qui participe à ce trek pour vraiment profiter de ce que la nature peut nous offrir, Natacha aime la simplicité et je la trouve vraiment adorable. C'est une grande bavarde par moments et en même temps, ce que j'apprécie fortement chez elle, c'est qu'elle est très respectueuse de notre couple qui est en train de se former, car jamais elle ne se montrera intrusive ou ne sera attirée par Timothé. Elle rejoint les autres jeunes gens lorsque nous avons besoin de nous retrouver juste tous les deux. C'est une femme avec qui nous resterons amis. C'est certain.

Le moniteur nous donne de précieuses informations sur ce qui nous entoure et Timothé a l'air déjà de tout connaître ! Ce jeune homme et moi sommes en harmonie avec la nature. Qu'est-ce qu'il est mignon, qu'est-ce que je me sens bien à ses côtés...

Le soir, à l'abri des regards indiscrets, nous nous embrassons et ce premier baiser restera à jamais gravé dans mon cœur. Il est si doux, si bon. Timothé se confie de plus en plus à moi et je fais de même. Moi qui d'habitude ne fais pas confiance aveuglément aux gens, je dois bien reconnaître que cette fois-ci, c'est différent. Il a l'air tellement vrai, tellement sincère et tellement bon et fragile à la fois, que je craque ! Cet amour naissant grandit d'heure en heure, de jour en jour…
Nous ne nous quittons plus et à la fin du séjour, Timothé, qui était venu en voiture, se propose de me raccompagner jusque chez moi. J'accepte bien volontiers ! Nous disons au revoir à Natacha et aux autres personnes. Natacha reprend le bus pour repartir chez elle et en a pour dix heures de trajet, notre amie se met à pleurer en nous faisant de grands signes derrière son carreau. Cela me fend le cœur. Je lui lance alors :

En voyant mon amie continuer de sangloter, les larmes me montent aussi aux yeux, mais Timothé est à mes côtés et je me blottis contre lui, je me sens alors plus forte, je garde ma dignité, respire un grand coup et renvoie de nombreux baisers avec ma main à Natacha. Moi aussi je suis une grande sentimentale, mais je déteste le montrer.

Le bus s'éloigne. Je suis tellement heureuse de rester avec Timothé ! Nous avons encore tant de choses à nous dire...

Dans la voiture, nous nous rendons compte que nous avons énormément de points communs.

Timothé est un bon conducteur, c'est un garçon très prudent et très calme ; il a de grandes qualités, il prend le temps de bien observer les gens pour savoir à qui il a vraiment à faire. À un moment, il me confie :

- Dès que je t'ai vu, j'ai tout de suite su que tu étais la bonne personne pour moi. Je ne sais pas comment expliquer, mais tu

Et c'est incroyable, car je ressens exactement la même chose pour lui. Timothé est le prince charmant auquel je rêvais quand j'étais petite et que j'espérai rencontrer un jour. Il est apparu du jour au lendemain dans ma vie et l'a fait basculer. Ma mère à qui j'envoyais des petits messages par SMS est impatiente à l'idée de rencontrer celui qui fait chavirer le cœur de sa petite princesse ! Elle ne cesse de me poser des questions sur lui et nous invite à passer à la maison pour prendre un petit café dès que nous arrivons. Timothé habite loin de chez moi, à trois cents kilomètres, mais cela ne va pas nous empêcher de nous voir, bien au contraire. L'amour à distance peut tout à fait fonctionner du moment qu'on y croit et qu'on aime vraiment la personne et c'est notre cas.

Timothé est fatigué de ce long trajet et lorsqu'il franchit la porte de la maison, ma mère l'accueille comme son propre fils !

Comme il a beaucoup roulé, Timothé passe la nuit à la maison, mais doit cependant repartir le lendemain matin à cause de son travail. Il est informaticien de profession. Ses petites lunettes lui vont à ravir et lui donnent un air sérieux et charmant à la fois. Je n'ai pas envie qu'il reparte, ce garçon est vraiment l'homme de ma vie et ma mère s'en rend bien compte. Elle qui ne m'a jamais vue amoureuse à ce point, sait parfaitement que ce n'est pas un caprice, ni même un coup de cœur qui ne mènera nulle part, c'est un véritable amour, un amour passionnel. Timothé est celui qu'attendait sa petite fille depuis longtemps. Peut-être est-ce papa qui me l'a envoyé ?

Lorsque Florian doit repartir, je ne cesse de penser à lui en attendant qu'il m'appelle pour me dire qu'il est bien arrivé. Le temps semble si long ! Une éternité ! Ma mère ne m'a jamais vu dans cet état, elle se met à rire et me fait remarquer :
- *Tu as l'air encore plus rêveuse qu'avant ma chérie ! Ce garçon est fait pour toi, il n'y a aucun doute là-dessus. C'est un véritable petit amour ! Il est poli, discret, réfléchi et il a l'air vraiment intelligent.*

- Oh oui alors. C'est incroyable ce que je ressens pour lui, tu sais ! Je le connais que depuis une semaine et c'est comme si je me voyais vivre tout le restant de ma vie avec lui...

- Cela m'a fait la même chose avec ton père, ma puce.

- Ce que je vais te confier va peut-être te paraître surprenant, mais tu sais, c'est comme si c'était papa qui me l'avait envoyé. Timothé est arrivé du jour au lendemain, comme ça, et je ne me sens plus du tout la même depuis. C'est comme si j'allais tout à coup beaucoup mieux. Je ne dis pas que papa me manque moins, je dis juste que, j'ai l'impression désormais, de mieux accepter son décès.

- C'est peut-être le cas ma chérie. Tu sais, c'est ce que je pense également. Timothé est arrivé au bon moment. C'est le destin. Vous vous êtes rencontrés au beau milieu de ces montagnes, alors que vous venez d'horizons différents et vous êtes tombés amoureux. C'est ça la vie. Tu vois comme elle peut être agréable parfois.

- Oui, tu as raison. Maintenant, j'aimerais vraiment tout faire pour réussir ma vie *avec Timothé. C'est un garçon tellement bien. Dommage que nous habitions aussi loin tous les deux. C'est le seul désavantage.*

- Ne t'en fais pas. Avec le temps, vous allez trouver une solution. En attendant, il y a le train, la voiture... Vous trouverez toujours un moyen de vous voir.

- Oui, mais tu sais, il commence déjà à me manquer. Ça va être dur.

- Prends ton mal en patience. Tiens, viens me raconter comment s'est passé ton séjour, je veux tout savoir ! Absolument tout !

Nous nous installons dans le canapé et tout en prenant le temps de boire une tasse de thé et d'y tremper quelques biscuits, je raconte du début à la fin, cette merveilleuse rencontre. Mon téléphone retentit, c'est Timothé ! Enfin ! Je me redresse d'un bond et cours prendre l'appel dans la cuisine, sous le regard amusé de ma mère. Cela lui rappelle ses jeunes années !

- Tu es bien arrivé mon cœur ? lui demandais-je.

- Oui. Ça y est. Tu me manques déjà tu sais...

- Oui, toi aussi. Énormément.

Cela me fait du bien d'entendre le son de sa voix, c'est comme s'il était présent à mes côtés. Nous prévoyons de nous voir dès le week-end prochain et cette fois-ci, c'est lui qui m'invite. Il possède un petit appartement en bord de mer, que j'ai hâte de découvrir…

Je rejoins ma mère au salon pour lui annoncer la bonne nouvelle, lorsqu'on sonne à la porte. Ce sont mes grands-parents, qui, sourires aux lèvres, se jettent dans mes bras. Maman leur a bien évidemment parlé de Timothé et ces derniers sont fous de joie ! Ils s'exclament en entrant dans le salon :

- Alors ma petite chérie ! À quand les petits-enfants ?

- Ah oui ! Je ne serais pas contre ! poursuit maman.

Je me mets à rire avant de leur répondre :

- Chaque chose en son temps voyons ! Je viens seulement de passer une semaine avec lui !

- Tu as raison, intervient aussitôt mamie *vous êtes encore tellement jeunes tous les deux !*

- *Raconte-nous comment vous vous êtes rencontrés ? Et à quoi ressemble-t-il ce jeune homme ? As-tu une photo à me montrer ?* me demande mamie, très impatiente.

Je lui montre une photo sur mon téléphone portable, elle se met à sourire et me répond en m'attrapant le bras comme pour me féliciter :

- *Comme il est mignon ! On dirait un petit ange ! Vous êtes faits l'un pour l'autre ! Crois-moi, les anciens ont toujours raison ! Je ne vois en lui que des choses positives !*

Papi rajoute alors :

- *Il me fait un peu penser à mon meilleur ami quand il avait son âge. Ce garçon a l'air très bien. Sérieux, intelligent et très respectueux. Quand aurons-nous l'honneur de pouvoir faire sa connaissance ?*

- *Eh bien, pas ce week-end-ci, car c'est moi qui me rends chez lui. Par contre, le week-end prochain, il viendra certainement à la maison.*

- *Et où habite-t-il ?* demande papi.

- *À la Baule.*

- *Très belle région. Très belle région… Tu sais qu'on y a été en vacances plusieurs fois avec ta grand-mère ? On s'y sentait très bien.*

- Timothé a l'air d'être très attaché à sa ville. Il ne cesse de me faire des éloges de son quotidien là-bas.

- Cela ne m'étonne pas. Il y fait bon vivre. Mais dis-moi, comment allez-vous faire avec la distance si votre couple dure avec le temps ? Ce que je vous souhaite d'ailleurs. me demande-t-il.

- Je t'avouerai que j'y ai pensé et je n'ai pas encore de réponse. Nous sommes tous les deux très attachés à notre ville natale. Alors, pour le moment, nous allons nous retrouver le week-end. Le temps nous le dira bien assez tôt ! Un jour ou l'autre, il va falloir trouver une solution pour nous rapprocher.

- Bien sûr ma petite chérie.

Mes grands-parents et ma mère ne sont pas tristes à l'idée de me voir, peut-être un jour, partir loin de chez moi pour commencer à faire ma vie avec ce beau jeune homme. J'ai beaucoup de chance qu'ils soient aussi compréhensifs, car combien de parents parfois, empêchent leurs enfants de grandir et veulent les garder rien que pour eux.

Mes proches savent que je suis une femme responsable qui n'a jamais fait de bêtises et qui n'ira jamais avec quelqu'un qu'elle jugera mauvais, ou qui lui posera des problèmes. J'ai toujours été très droite dans ma vie, peut-être trop d'ailleurs, c'est ce qu'on peut me reprocher parfois, mais je ne regrette pas, car je suis contente de mon parcours et des valeurs qui m'ont été transmises et que je continue de faire perdurer. Papa dirait comme moi.

Faire son deuil

Papa peut être fier de ce qu'il m'a apporté dans la vie. C'est en pensant à lui, très souvent, que je veux continuer de m'améliorer, car je sais qu'un jour, je le reverrai.
Je suis sûre qu'il aurait adoré Timothé.

D'ailleurs, en attendant de retrouver mon prince charmant, il est temps que je rende visite aux anciens collègues de papa pour leur annoncer deux grandes nouvelles : la rencontre avec Timothé et puis aussi mes projets ! Je me sens prête désormais à leur montrer ce que je suis capable de réaliser comme dessins.
Bruno et Julien m'accueillent avec un grand sourire, ils sont d'une gentillesse ces deux-là, ce sont mes préférés ! Ils m'embrassent affectueusement et cela me fait toujours chaud au cœur.
Je suis comme chez moi dans ce centre de secours, comme à la maison ! Je n'hésite plus à m'installer dans leur salle de repos

et à me servir un thé tout en les taquinant gentiment. Les autres pompiers me rejoignent :

- *Comment va ton asthme ?* me demande Bruno.

- *Beaucoup mieux ! Je pense avoir trouvé un meilleur médicament que la ventoline pour m'aider à maîtriser les crises…*

- *Qu'est-ce que c'est ?*

- *L'amour !* leur répondis-je en rougissant. Bruno et les autres pompiers sont enchantés d'apprendre ça. Mon regard malicieux leur fait comprendre que cette relation est très sérieuse.

- *C'est pas vrai ? Ça y est ? Oh ! Tu as vraiment trouvé ton Roméo ? Raconte ! Raconte !*

J'avale une gorgée de ce délicieux thé et trempe un biscuit dedans, faisant exprès de prendre mon temps…

- *Allez accouche !* me lance Bruno, impatient.

-*Mais qu'est-ce que vous avez tous à vouloir que j'accouche !!!* répliquais-je en riant. *D'abord ma mère, puis mes grands-parents et ensuite vous !!!*

Ils se mettent à rire à leur tour. Je ne fais pas durer le suspens plus longtemps et commence à raconter ma rencontre avec Timothé.

- *Ton père aurait été fou de joie d'apprendre ça ! Je suis sûr que c'est ce qu'il aurait voulu le plus au monde : que tu rencontres quelqu'un de bien.*

- *Et ça a l'air d'être le cas... Alors, à quand le bébé ?* persistent-ils en me taquinant.

Bruno et ses collègues sont fous de joie pour moi. Je poursuis :

- *Ce n'est pas tout. J'ai une autre surprise...*

- *Waouh encore ! Dis-nous !*

- *Vas-y Charlotte, qu'est-ce que c'est ?*

Je leur fais part alors de mes projets en leur montrant mes croquis. Ils restent sans voix puis s'exclament :

- *Oh la la ! C'est incroyable ! C'est toi qui as réalisé ces dessins ??? Oh regardez les gars ! Vous avez vu celui-ci ? On se croirait dans le VSAV, il est superbe ! C'est criant de réalisme ! Pourquoi ne nous en as-tu pas parlé plus tôt ?*

Je réponds d'un air un peu gêné :

- *Je trouvais que ce que je faisais n'était pas encore assez bien. J'ai ce projet en tête depuis plusieurs années, mais je voulais vraiment atteindre la perfection, comme papa le souhaitait.*

- *C'est vrai qu'il était très perfectionniste lui aussi, tu lui ressembles tellement ma grande. En tout cas, bravo pour ce que tu fais, c'est vraiment très impressionnant. Tu sais, nous serions très honorés si tu pouvais réaliser les illustrations dans nos calendriers, on en a assez de voir toujours les mêmes dessins et puis, si tu es d'accord, tu pourrais aussi réaliser le logo de nos uniformes, on souhaitait changer le modèle prochainement.*

Charlotte n'en revient pas, les yeux brillants de bonheur, elle s'exclame :

- *C'est incroyable ! Bruno ! C'est exactement ce que j'avais en tête et ce que j'allais vous demander ! Je voulais réaliser les dessins dans vos calendriers et aussi, si vous le souhaitez, faire des croquis réalistes de vos interventions.*

- *Charlotte, tes idées sont très bonnes. Ton père peut être fier de toi tu sais. Qui ne le serait pas en voyant toute l'énergie que tu mets dans tes projets. J'aurais tellement aimé avoir une fille comme toi...*

En entendant ces paroles, les larmes me montent aux yeux. Bruno a dit cela d'une telle sincérité que cela me touche au plus profond de moi-même. Je ne peux m'empêcher à cet instant de penser à papa et je me sens tout à coup apaisée.

Soutenue de la sorte par tous les collègues de papa, je me sens pousser des ailes. Je me donnerai les moyens de mes ambitions et ferai tout pour réaliser mes rêves, pour moi, pour les proches, pour papa, mais aussi pour Timothé. Qu'est-ce que j'ai hâte de le revoir…En pensant à lui, je me mets alors à rougir et mes amis ne tardent pas à s'en apercevoir. Ils me font aussitôt remarquer :

- *Ben dis donc... C'est vraiment le grand Amour !*

- *Oh oui.* répondis-je, les yeux brillants de bonheur.

Bruno et ses collègues ont hâte de rencontrer l'heureux élu.

- *Invite Timothé à venir à la caserne la prochaine fois qu'il viendra !* me propose Antoine.

- *Avec plaisir, bien évidemment !* lui répondis-je.

Mon asthme va beaucoup mieux depuis que j'ai rencontré Timothé.

L'amour que me porte Timothé est la plus belle des choses… Je n'en reviens pas de l'avoir rencontré !

La semaine passe très vite et nous voilà déjà arrivés à vendredi soir, l'heure pour moi de partir quelques jours pour retrouver mon prince charmant. Ma petite valise est prête déjà depuis longtemps et je trépigne d'impatience à l'idée de me mettre en route.

Je suis un peu impressionnée à l'idée de découvrir son appartement pour la toute première fois, de pénétrer dans son intimité. Je regarde tout autour de moi et n'ose pas trop avancer dans les pièces, mais mon petit-ami me met rapidement à l'aise. Ce week-end se montre aussi délicieux que la semaine où nous nous sommes rencontrés. Je suis aux anges…

J'espère que ces deux prochains jours ne vont pas trop vite passer !

Lorsque Timothé rencontre mes grands-parents pour la première fois, ils tombent également sous le charme ; ils l'adorent tout de suite et le dévorent des yeux ! Ils l'adorent ! Ils ne cessent de le complimenter et de lui sourire. À un moment, mamie attrape sa main et lui chuchote :

- *Tu sais, ma petite-fille est une femme remarquable. Elle ne cesse de faire des éloges sur toi. Elle t'aime plus que tout.*

- *Mamie, je t'entends tu sais !* lui répondis-je en riant.

- *Oh ! Il faut que je chuchote encore plus alors !* fait-elle remarquée amusée avant de poursuivre *Et c'est un vrai cordon-bleu tu sais ? C'est moi qui lui ai appris tout ça ! Elle cuisine avec moi depuis qu'elle est toute petite !*

- *Tu es terrible mamie !*

Tout le monde se met à rire.

Dès que papi voit quelqu'un à la maison, il adooooooooore raconter sa vie lorsqu'il était militaire et bien évidemment, Timothé y a droit ! Ce jeune homme est d'une patience remarquable ! Moi et maman ne pouvons nous empêcher de rire en voyant la petite bouille de Timothé ne pas oser dire à ce vieux monsieur qu'il en a assez entendu ! Papi est très intéressant à écouter, mais cela fait tout de même plus d'une heure trente qu'il lui tient la jambe !

- *Allez, passons à table !* propose maman pour changer de sujet.

- *Avec plaisir !* dit-on en soufflant.

J'adore ces repas en famille. Ils ont une valeur inestimable pour moi. J'espère que Timothé va les apprécier autant que nous ; et ça a l'air d'être bien parti. Papi et mamie le considèrent déjà comme un membre de la famille à part entière ! j'en suis la plus heureuse du monde !

Au fur et à mesure que les mois passent et que Timothé est convié parmi nous, les repas deviennent encore plus précieux pour moi. Timothé fait vraiment partie de ma famille. En plus de n'avoir aucun défaut à mes yeux, Timothé m'encourage dans ma passion pour le dessin et me soutient autant dans les études qui me demandent, surtout que c'est la dernière année, beaucoup de travail et d'investissement. Mon petit-ami est très impressionné en voyant toute l'énergie que je déploie, que ce soit pour les cours ou le dessin et il n'oublie pas e me rappeler parfois, qu'il faut aussi que je prenne du temps pour moi ! Il ne faut pas que je m'épuise non plus !

Mes amis du centre de secours adorent mes dessins et la maquette de leur prochain calendrier comporte désormais mes illustrations. Lorsqu'ils commencent la distribution des calendriers dans les habitations, les enfants les adorent ! Qu'est-ce que je suis heureuse et Timothé est tellement fier ! Je suis comblée !

Papa avait raison, il faut toujours croire en ses rêves et un travail bien fait finit toujours par être récompensé.

L'amour que j'ai pour les enfants et la reconnaissance que ces derniers me renvoient est pour moi, la plus belle des récompenses et je vais bientôt pouvoir travailler chaque jour à leur côté en tant que professeur et leur apprendre plein de choses passionnantes... J'ai tellement hâte de passer le concours !

Je suis et je resterai une vraie passionnée, comme papa. C'est le plus bel hommage que je puisse lui faire…

La famille débarque !

Avec Timothé, cela fait maintenant pas mal de temps que nous nous voyions chaque week-end et notre relation à distance est encore plus forte qu'au premier jour.

- *Il va quand même bien falloir qu'un jour vous emménagiez ensemble.* me conseille ma mère.

- *Bien sûr, je le souhaite plus que tout tu sais, mais Timothé adore sa vie là-bas. Il a un très bon métier, des collègues attentionnés et je sens bien qu'il serait très triste de tout quitter du jour au lendemain. Et en même temps, de mon côté, j'ai aussi tous mes amis ici, les collègues de papa et surtout ma famille. Je vous aime et je ne me sens pas prête à vous laisser, même si je sais que Timothé est l'homme de ma vie. Et puis papi et mamie sont très âgés, ils ont besoin qu'on s'occupe d'eux.*

- *Alors je vais te proposer quelque chose. Je ne sais pas si tu serais d'accord, mais cela peut être un bon compromis.*

- Je t'écoute maman.

- Voilà. J'ai moi aussi besoin de changer d'air. Tu sais que j'ai une somme d'argent, de côté sur un compte, qui me permettrait d'acheter une petite résidence secondaire.

- Oui. Je vois où tu veux en venir…

- Et qu'en penses-tu ? Ce ne serait pas formidable ?

- Et papi et mamie ?

- Rassure-toi, j'ai aussi pensé à eux ! J'achèterai un appartement avec deux chambres : une pour moi et une pour eux.

- Maman, oh ! Si tu savais comme je t'aime ! Quelle merveilleuse idée !!!

C'est alors que je pense aux collègues de papa, à tous mes amis du centre de secours et à mes autres copains et copines aussi. Maman le remarque, elle devine tout. Mon air tristounet ne peut rien lui cacher. Elle poursuit :

- C'est Bruno qui m'a donné cette idée et je trouve qu'il a raison. Ne sois pas triste pour eux, tu peux retourner les voir quand tu veux. Trois heures de route ou une heure de train, ce n'est rien de nos jours !

- Maman, tu es géniale ! répondis-je enchantée *C'est formidable ! Je vais enfin*

pouvoir emménager avec Timothé ! Oh là là ! Il va être fou de joie !

- J'ai déjà repéré quelques annonces en agence, mais je voulais d'abord t'en parler bien sûr. Je ne voudrais pas que tu penses que ta pauvre vieille mère te poursuit et ne te laisse pas vivre ta vie !

- Maman, voyons ! Jamais je ne penserai cela ! Tu es la première à me pousser !

Je me sens comblée en ayant entendu cela. Maman a eu une idée fantastique ! Si je m'attendais à ça !

- Et mamie et papi seraient d'accord tu penses ?

- Je leur ai déjà posé la question... Ils trépignent d'impatience à l'idée de retourner à la Baule ! Ils ne demandent qu'une chose, c'est de voir la mer. Ils commencent à se lasser des grandes villes sans verdure tu sais, c'est triste pour eux !

- Mais c'est formidable tout ça ! C'est la solution ! Oui, c'est la solution ! Quand pourrions-nous partir ?

- Si on allait déjà ce week-end visiter les appartements que j'ai trouvés ?

- Avec plaisir maman ! C'est génial ! Je n'en reviens pas !

Deux mois plus tard, maman signe chez le notaire l'achat définitif d'un petit appartement situé en bord de mer, comme le voulaient papi et mamie. Maman a aussi envie de changer de vie et recommencer un nouveau départ à la Baule lui fera le plus grand bien.

Le grand jour est enfin arrivé ! Le trajet en voiture se passe agréablement bien. Maman conduit et papi et mamie sont encore plus bavards que d'habitude ! Les yeux brillants de bonheur, ils regardent défiler le paysage, papi ne cesse de répéter :

- *On va pouvoir contempler la mer tous les jours de l'appartement ! C'est magnifique ! Nous nageons en plein rêve, ce n'est pas possible ! On va revoir la Baule comme du temps de notre jeunesse et en plus, aux côtés de notre fille et de notre petite-fille que nous chérissions tant !*

- *Tu oublies Timothé aussi !* lui rappelle mamie en riant.

- *Bien sûr que non, je ne l'oublie pas ! Je n'avais pas fini de parler !* répond-il en souriant *Timothé fait partie de la famille aussi ! Je l'adore, comme s'il était mon propre petit-fils !*

Mamie et papi n'ont pas trouvé le temps long en voiture, installés confortablement à l'arrière, ils jouaient même au scrabble et aux dominos !

Timothé est fou de joie lorsque nous arrivons enfin ! Je cours vers lui et me jette dans ses bras avant de l'embrasser longuement…

- *Enfin !* lui dis-je *Enfin !!! Plus rien ne pourra nous séparer ! je t'aime tellement mon cœur !*

- *Moi aussi Charlotte ! Tu es mon amour pour la vie !*

Je serre très fort sa main dans la mienne…

Dans un premier temps, nous nous rendons tous à l'appartement avec les déménageurs qui nous rejoignent peu de temps après et aidons ma petite famille à s'installer.

Maman et ses parents vont être tellement heureux ici. C'est un nouveau départ…

Une nouvelle aventure, comme dit papi !

Qui plus est, nos amis du centre de secours vont bientôt venir passer quelques jours à la Baule, j'ai tellement hâte de leur faire découvrir ma nouvelle vie ! Quand ils ont rencontré Timothé la première fois, eux aussi ont été formels :
- *Ce garçon est fait pour toi !* m'ont-ils dit. Comme ils ont raison ! Timothé et moi, nous nous aimons comme au premier jour et ce n'est que le début...

Chaque matin, en me réveillant à ses côtés, je me plonge dans son regard et y vois tant d'amour, tant de pureté. C'est vraiment l'homme de ma vie. Je suis une femme épanouie et la plus heureuse du monde !

- *Bientôt le mariage ?* demande mamie.
- *C'est la prochaine étape !* répondis-je.
- *Ah ! J'ai hâte de t'aider à choisir ta robe !* me dit-elle, enchantée.
- *Et après, un petit bébé ! Ou deux ou trois petits bébés si vous voulez !* poursuit papi.
Je me mets à rire et leur réponds alors en les embrassant :

- Chaque chose en son temps ! Mais je vous promets que vos arrière-petits-enfants auront les mêmes valeurs que nous tous !

Et le bonheur ne s'arrête pas là : je réussis mon concours de professeur et suis affectée dans une charmante petite école maternelle ! Je n'en reviens pas ! Tous mes souhaits se réalisent ! La vie peut vraiment être magnifique parfois.

Je continue en parallèle de réaliser de nouvelles illustrations, de plus en plus détaillées et je lis dans regard de Bruno et des autres pompiers, toute la fierté du monde dans leurs yeux, la même fierté qu'avait mon père en m'accompagnant à l'école…

J'aime ma vie, je l'adore…

Je vois mes amis aussi souvent que j'en ai envie et mes premières semaines d'enseignement se passent à merveille ! Avec ces enfants et tous ceux que j'aurai les années suivantes, je ferai preuve de bienveillance et je les aiderai à grandir, comme papa l'a fait avec moi. Papa, ses collègues et tous mes proches m'ont transmis des valeurs qui ne me quitteront jamais, elles sont bien trop importantes à mes yeux. Que ce soit l'humilité, l'altruisme, le courage ou encore la bonté et la bienveillance…

Hommage

Papa, tu sais, quand maman et moi on a scruté le ciel pour trouver ton étoile, j'ai tout de suite vu que, celle qui brillait plus fort que toutes les autres, était vraiment la tienne. J'étais fière de l'avoir trouvée. Aujourd'hui, je ne suis plus triste du tout, j'ai désormais la preuve que tu es chaque jour à nos côtés. Ce livre est pour toi cher papounet. Toi qui es parti depuis maintenant quelques années, sache que personne ne t'oubliera jamais. Je ne t'ai pas connu longtemps, mais ce que tu m'as transmis comme valeurs resteront à jamais gravées dans mon cœur.

Je te promets de toujours bien m'occuper de maman, elle aussi pense fort à toi tu sais. Mamie et papi m'aident beaucoup à surmonter ton absence et Timothé, ah, Timothé ! Comme j'aurais aimé que tu le connaisses toi aussi et que tu sois là pour me donner le bras lorsque je me marierai avec lui.

Papa… je me demande bien ce que tu dois penser de là-haut, et en même temps, je suis persuadée que tu dois être si fier de nous tous !

Je continuerai de t'apporter tes fleurs préférées et j'ai même trouvé une nouvelle variété qui, je suis sûre, te fera très plaisir. Je t'aimerai toujours mon papa adoré. En attendant de te revoir, je t'envoie mille baisers volants et je te dis merci, merci pour tout ce que tu m'as appris.

Grâce à toi j'en suis sûre, j'ai réalisé ce qui me tenait le plus à cœur :
Rencontrer l'amour
Devenir professeur des écoles
Et être illustratrice pour tes collègues.

FIN

Édition : BoD - Books on Demand,
info@bod.fr
Impression : BoD – Books on Demand,
In de Tarpen 42, Norderstedt
(Allemagne)
Impression à la demande
ISBN : 978-2-3224-9970-0
Dépôt légal : septembre 2023